失くした季節

金時鐘

金時鐘四時詩集

藤原書店

金時鐘四時詩集　失くした季節

目次

夏

秋

冬

春

金時鐘四時詩集

失くした季節

夏

村

自然は安らぐ
といった君の言葉は改めなくてはならない。
しずけさに埋もれたことのある人なら
いかに重いものが自然であるかを知っている。

ナイルの照り返しに干からびながらも
なお黙りこくっているスフィンクスのように
それは誰にも押しのけようがない
深い憂愁となってのしかかっている。
取り付いた静寂には自然とても虜《とりこ》なのだ。

自然は美しい、という
行きずりの旅ごころは押しのけねばならない。
居着こうにも居着けなかった人と

そこでしかつなぎようがない命との間で
自然はつねに豊かで無口だ。
喧噪に明け暮れた人になら
知っているのだ静寂の境がいかに遠いかを。
一直線になぜ蜥蜴《とかげ》が塀をよじり
蟬がなぜ千年の耳鳴りをひびかせているかも。
出払った村で
いよいよ静寂は闇より深いのだ。

空

遥かでいいのだ
尾瀬は。
立ち入ってはならない
奥処《おくか》ひとつ

胸にたたんで思い描いていいのだ。

やたらと登るな。
伝承の神がたなびく
頂きぐらいは
遠くで仰いで拝んでおけ。

遥かでいいのだ
隔った国は。

声ひとつ届かせない
囲いの中へは
かざした右手で染まってていいのだ。

物見では行くな。
古道の石標《しるし》ひとつ
千年の沈黙にしずもっている。
行ってはよごす生身では行くな。

遥かでいいのだ。
捨て置いた墓と
うすれた家郷と
ともに背いた年月は
それはそれで遥かなことであっていいのだ。

牙

外れたものは
マングースになる。
マングースは
捨てられたものの成り変わりだ。

都合に合わせて飼い馴らし
嵩《かさ》めばすぐさまおっぽりだされて
蛇一匹乾いた街では巡り会えない。
いよいよ瘠《や》せたハイエナになってゆく。

統制と規制の均衡から
いともたやすく外された生。
外れれば荒野だ。

行き場のない生は
爪を立て
呪わしく
鈍い眼差しを暗がりから投げる。

日盛《ひざか》りの物陰で
喘いでいる
牙よ。
いま私は

不道徳なまでに肥えた代物だ。
襲われる瞬間を待つ
小刻みな生身《なまみ》だ。
均衡の秩序深く
ようよう怯《おび》えはじめるわが思想。

外れたものの
犬歯は尖《とが》る。
均衡からはみ出たものはすべて

唸《うな》りをひそめた
牙になる。

夏

声を立てず
立てるべき声を
底ぴからせている季節。

思うほどに眼がくらみ
しずかに瞑《つぶ》るしかない
奥底の季節。

誰であるかは口にもせず
ひそと胸にかい抱く
追慕の季節。

願うよりは願いを秘め

待って乾いた
旱《ひでり》の季節。

うすれて記憶が透かされているとき
汗みどろにむれてくる
戦火の季節。

夏は季節の皮切りだ。
いかな色合いも晒《さら》してしまう

はじけて白いハレーションの季節だ。

雨の奥で

梅雨ににじんで見えるのは
置かれたままの椅子である。
私から外れた私の居場所のようであり
在ることすらも失くしてしまった

風化さ中の骨のようでもある。
たぶんそれはそこのところで待つしかない何かだ。
去ったあとではけっしてなく
そこで飛沫《ひまつ》をあげて
誰ともない声がくぐもっているのだ。
行き届いた囲いのまさにその茂みの奥で
滴《したた》っても洗われはしない新緑が息吹いている。
もはや雨は自らが洗われたいために降り続くのである。
だからこそ梅雨のなかでは誰ひとり肩を反らさない。

見えてても見えない
ぬかるむ国の田畑が見えないで
そこで濡れそぼっている声が見える。
つくねんとしぶきにはぜながら
白い椅子が梢《こずえ》の向こうでもやっている。

蒼いテロリスト

テロも行き会えないから
人だけが　ただ死ぬ。
せめてすれ違えたなら
俺こそが　テロリストだ。

だけどいくら待っても
そこで待っている俺はいない。
このようにもあからざまに
時代を引き戻しにかかっている
お偉方《えらがた》たちがおり
輪をかけて民草を干上がらせている
将軍さまもまだ世紀まえのままだというのに
それでも靡《なび》いてやまない人たちがいて
遠目でただ俺は見やってばかりいる。

いつかは出食わすはずだと
せっせと夜更けて紙爆弾を造る。
物が黴《か》びている。
梅雨はきらいだ。
じめじめと塩気のない時間が滞って
電線にまで錆《さび》が食い入り
往来の響きまでが壁をとおして濡れてくる。
しかと見定め

刻明に名前を覚え
どこの誰かをリストにひそめて
市街地図を漁《あさ》って歩いた俺の爆弾が
横丁の陰で濡れている。
濡れて濡れて破けていっている。
行き会えば必ず世の中を覆すはずの俺のうっ憤が
なんの反応ひとつなく
捨てられたちらしのように無視されてしまっている。

その日も俺は
並み居るメタボリック症候群の汗くささの中にいた。
飽食の日本にあってはこの俺でさえ
栄養を殺《そ》ぐことの美徳に懸命だ。
はるかに飢えより不道徳な肥満。
利得が増えて腫《は》れて脹《ふく》らんで
そのうち誰かと連れ立って
国際見本市のど真ん中でこの俺が破裂するだろう。
詩は書かれるものではない。

そうあるべきものだと筋トレの鉄亜鈴を投げ上げる。
すばやく身を交わし
しなやかに反り返った俺。
まだ現役だ。

待つまでもない八月だと言いながら

夏が煌《きら》めくことはもうないと言いながら
すっかり透けてしまった年月だから
なおのことときめくことはもう夏にはないと言いながら
それでも彼は素知らん顔でひとりの時のぼくをうかがう。

弾んだ青春も　それがよすがだった社会主義も
当のご本人がこわして久しいというのに
寝つけぬ妻の思いひとつ
むしろ閉ざしてきたのはご自分だというのに
さも気づかわしげに注意深く
ぼくの様子を横目でさぐる。

ために消せない夏もあるのだ。
待ちとおした挙句《あげく》の彼のあがきが

ぼくの穏当な精神を逆撫《さかな》でてやまない
彼のその居直りが
性懲《しょうこ》りもなく今もってつよがって見せるほど
ぼくの諦《あきら》めも色をなして口をとがらせる。
まだまだ夏は疼《うず》きの内にあるのだと
このぼくがやたらとむきになっていく。

それほどにも深い記憶のために
うすれた記憶だけが残されたのだから

光った夏の日の底で
千千《ちぢ》の欠片《かけら》に夏はなってしまったのだから
夏は　欠片《かけら》が刺さった記憶なのだ。
白む間もなく夏は明けてしまうので
ようやく寝ついた妻の寝息に
ぼくもついて眼をしばたきながら
空咳《からせき》まじりに
故もなくこみ上がってくるのを嘸《の》みくだしながら
しののめにほの白くかすんでしまっている眼で

そう、夏はまだ咽《むせ》んでいると
そっぽを向いている彼に重ねて返してやったのだ。

失くした季節

われらの季節はとっくに失くして久しいのだ。
あるのは町工場でうだっているカネモトヨシヲの
こけた項《うなじ》をかすめてはまた吹き戻ってゆく
業務用扇風機の懸命のうなりであり、

あるいはハローワークの待合でくたびれている非正規雇用の
額でぬめっているエクリン腺のてかりだけである。
もはや定住外国人の朝鮮人であることも定かでない君と
すっかり人なつっこくなった韓流びいきの熟年婦人との間で
いとも気安く相好をくずすのは連ドラの続きに
韓国定食の品数の多さだ。
夏のあのどよめいた回天の記憶は
露ほども誰かに伝わった痕跡がない。
跡形もない夏がただ、今を盛りにぎらついているばかりである。

たまに居合わすときもあって話を交わすが
とくとくと語る芸能人ゴシップも　あげくは
北の王家の世襲の話に行きついて声が高ぶる。
知らないことはほとんどないほどの世間通の彼が
どうしたわけか人権がらみのこととなるとまるで白紙だ。
それでいてカネモトは結構世事長《た》けた苦労人でもある。
路地の工場と週刊誌の話題とで彼の世界の大方はできているが
鉄工所の職人は鉄工職人の意地で生きている。
意地はもともと依怙地《いこじ》なものだ。

依怙地さがあって信念も固まる。
偏見が片寄っていく所以《ゆえん》でもある。
カネモトはカネモトの偏見のなかで生きているのである。
世界の端《はじ》のかすかな罅《ひび》のような路地の外に
世界はひろがっている。
バイトの尖《さき》で油煙がきしり
いささかの誤差も許さないピンのネジが切られていく。
時ならぬ雨がどっとスレートを叩いて
ふと血走ったフセインのように

世界がいま通りすぎているのだと上目で見やる。
通じない国への偏見は
広く行き渡っているかぎり偏見ではない。
それは作られた常識だ。
作られるものは煽られる。
ひとり外れてカネモトだけが常識的でない。
どこで暮らそうと死なないかぎり人は生きるのだ。
ファンがいっときにうなりたてるのを耳にしながら
樽の中のもやしだったという父がまたも浮かんできた。

六・二五《ユギオ》＊で追い込まれた釜山から闇船にひそんだときの
蒸れにむれたあのまっ暗い暑さのことだ。
じっとり汗ばんで、ようやく夏が顔をのぞかせてくる。
硝煙をついて北へ行ったのは金億《キムオク》＊や姜処重《カンチョジュン》＊らの
思いいっぱいの人たちだった。
その彼らが跡形もなく消えたのもまた
うだるさ中の夏のことだ。
いつもと同じ露路の工場の奥で肩をすぼめ
扇風機にあおられる夏の風のように夏が消えてゆくだけだ。

＊六《ユ》・二五《ギオ》＝朝鮮戦争のこと。一九五〇年六月二五日に勃発したので、そう呼ばれる。

＊金億《キムオク》＝号岸曙《アンソ》。一八九三年―？　朝鮮平安北道定州出生。一九二〇年代初め『廃墟』『創造』の同人として活躍。フランス象徴派の詩人たちの詩を訳した詩集『懊悩の舞踏』（二一年）が朝鮮最初の翻訳詩集となる。他にツルゲーネフ、ヴェルレーヌ、タゴールの詩や中国漢詩なども翻訳。エスペラント語の先駆者でもある。朝鮮戦争（六・二五動乱）時に越北。地方の共同農場に強制移住させられたあと、消息不明。

＊姜処重《カンチョジュン》＝非命の詩人尹東柱《ユンドンジュ》の遺稿のほとんどを集めて保管し世に出した人。解放後に京郷新聞記者として尹東柱の詩の紹介と遺稿詩集の出版に核心的な役割を果たした。南労党党員として死刑宣告を受けていたが、朝鮮人民軍に解放され、のち越北。消息不明。

＊「六・二五動乱」勃発前後のこの時期、北朝鮮における社会主義建設に憧れて多数の文学者、芸術家、文化人らが越北したが、ほとんどが生死不明のまま消息を断った。金億、姜処重もそのような人たちのうちの、二人である。

秋

旅

心の地平では
へだたりはせせらぎほどで
年月はそよぐ木の葉のようで
時空は時計の文字盤ぐらいだ。

日にちは部厚い時刻表に綴《と》じられていて
予定はいつも空港の待合室でくたびれている。

心の地平では
祖霊の地と済州島*とが
在日と溶け合って澄んでいる。
殺戮はいつからか竹林になっていて
竹の子がきりもなく黒く芽生える。
孟宗竹《もうそうちく》の旨い炊《た》き方を

バスガイドはくどくど語り
茶褐色の汁がタイヤの痕《あと》からじどっと滲《にじ》む。

心の地平では
旧火山すらむくむく　生きている。
噴煙を噴き上げても誰ひとり逃げもしない。
次つぎと洞窟から村人が現れて
あれは夢だったのだと
禍いを焦がす山を見ている。

うねって流れて駐屯地を呑みつくし
偉大な銅像にも溶岩は迫って
歪んだ顔が折れかかっている。
横暴な一切が覆り　沸き立っても
心の地平ではすべてが静かだ。
いつもと変わらぬ夕日が映えて
色づいた葛《かずら》が軍事境界の金網を這い上がっている。

心の地平では
街は蟻塚で
国は蜃気楼《しんきろう》で
年月は　さざ波程度に吹き過ぎる。

＊済州島＝韓国最南端の旧火山の島で、韓国切っての観光地としても知られている。その反面「四・三事件」という、解放（終戦）直後の悲惨な島民殺戮の暗黒史を秘めている、島でもある。

蒼い空の芯で

ぼくは声を持ちません。
声を上げるだけの寄り場が
ぼくにはありません。
くぐもってばかりで

声はぼくの耳でだけ鳴っています。

ぼくは知らせる手立てを知らないのです。
ぼくは情報機器のいかなるものにも
属しません。置いてけぼりの
声だけが耳の底で鳴っています。

いまにいまにと思いつづけて
風のように言葉はいつも

音だけを残していきました。
いつ見ても小高い丘の
大学の学舎は黙っていて
固い木の実は　それでも
その中で落ちているのでした。

言えずじまいの言葉が
無数の目に囲まれて
口ごもっています。

ぼくはまだ告白を知りませんし
願いを適える言葉もまた
いまだ知りません。

耳をつんざいて轟音は噴き上がり
声は中空で浮塵子《うんか》のようにたかっています。
いまに群雀が群れ
空が払われて
冬がきましょう。

言葉がそこらで降り敷いています。
耳をそばたてて
ぼくがいます。
空の芯ではじけている
何かがたしかにあるのです。
変われないぼくを
愛してください。

鳥語《とりご》の秋

街なかの秋はショーウインドーの中でだけ
色づいていく。
得体の知れない鳥が
キョトンと首をかしげたままで。

なぜか秋の鳥は囀《さえず》りがない。
ひよどりとか百舌《もず》とか　もう季節も果てると
声を嗄《か》らしている音しか聴こえてこない。
他を寄せつけない金切り声に
いっそう影を深めていくのは
残照の中のあの黒い鳥だ。

それは居ながらにして影でしかなかった

実在の空《くう》の黙示だった。
淡く透けていく日差しほど
　物のあわいではかすんでもいるのだ。
事実、いとおしい死者たちは皆
モノクロームの陰影でしかにじんでこない。

記憶の底ではすべてが静止画だ。
せんだんの実は今もって黄色く映えていて
光を背にロープのきしみを見ていたあの鳥も

枝に止まったままぴくりともしない。

村の謂《い》われはもう　日本では跡絶《とだ》えてしまったか。
あの鳥が不吉なのは伝えた習わしが暗かったからだ。
不吉な死に居合わせられて
ひたすら黒くなったのだ。

里も故《ゆえ》も失くした鳥が
　ごみしか漁れない日本で

私の言葉を餌に生き延びている。
キィーッとしか叫べない鳥に
　私もだんだんなっていっている。
今に真赤に口が染まりもするだろう。

黙りこくっている鳥を私が見上げ
黒い影が　あの日のままに
見返すともなく私を見ている。
声を上げられないものはやはり

光のなかで　黒くなる。

伝説異聞

君はぼくのかたわらに
イーゼルを据え
目も彩《あや》なセットン*のコスチュームを吊るした。
ぼくはそれが君の

手にした執着なのだと考えた。
仕舞われるだけの
体積のない形態を
君が瞳に展《ひろ》げて
はばたかせている。
たしかにコスチュームは
離れているものの思いの権化だ。
伝説ははらんでも
だが羽はない。

とっくに遠ざかってしまったものの残影を
いわばコスチュームが見ているのだ。
画架に寄りかかっている望郷のように
飛翔はただ在日のただ中でしなだれている。
いかに藻抜《もぬ》けていったとて
希求はかくも
吊るした形そのままに具体的だ。
壁を背にコスチュームは掛かり
窓は黙示的なキャンバスの上段にある。

君はその中心にセットンを浮かせたが
それは松風の吹く海のほとりだ。
ぼくはしかとそれを見渡すことができる。
異郷で継《つ》ないだ世代のはるか向こう
白い雲はうすくたなびき
あやなす衣は中空高く舞い上がっている。

＊セットン＝子供用の民族衣裳。色々の縞を入れて袖布地《そでぬのじ》を縫いあげた子供服のことだが、裳《もすそ》のチマと合わせて主に少女用の晴着にする。

かすかな伝言

手をかざすと
光がさらさらとこぼれてくる。
晒《さら》した暦の
粒子のように。

このようにも澄んだ日差しの中では
いかな誰も黙りこくっているしかない。
経めぐっても行くものは行くと
自分で自分に言い聞かすほかは。

裸木《はだかぎ》のてっぺんで
柿がひとつ紅く映えている。
すべてが入れ替わっても

誰かがまた同じ光景を年ごとに見る。

それがどれほど高い叫びであるかは
人の耳には届いてこない。
夕焼けに染まり　鐘の音に沁《し》み入って
石の標《しるし》を鳴らすだけである。

切り取られた残照だけが
原風景をとどめる街なかで

両手で包み
ひとすじの鼓動を胸に伝える。

一個のとうもろこし

箸が止まった。
ウドンが自らずり落ちていったのだ。
煮られるまえ
このものはかつて小麦だった。

茫々たる海の彼方の
広漠とした畑地《はたち》から刈りだされた小麦は
天地が恵む生命の糧として
練られていった、はずだった。
開発で熱くなる地球の森林を倒し
バイオ燃料へいやましてゆく耕作の転用が
稔《みの》る小麦の歓びを打ち砕いた。

季節を払う風のなかで

大地の息吹は黄金《こがね》の粒つぶに入り込み
パンとなり　麺となって
かつて吹かれた風をいとおしんでさざめいた。
時代は大地を干しあげ山なす緑をひきずりおろした。

君が燃やすハイウェイの風、
君が流すエネルギーの血は
新千年紀の時代をなびかせて
新たな壊廃をしつらえているが、

それらはみな　たえだえな地球の鼓動と
刈られた緑の浄らな地脈からにじみ出た
いね草と木々の　気化した遺言だったのだ。

汁の底から麺をすくい取り
ぼくはやおら君にビールをすすめて
緑の遺品の箸を揃えた。
そして君とぼくは自分で自分の樹液をすする
二個のとうもろこしとなっていったのだ。

錆びる風景

どこをどう経巡《へめぐ》ったのか
残り少ない山柿の
朱い実の下に
さざえの殻が一つ

あお向いて落ちている
空のへりで凍えている
赤い叫びと
ささくれた空をただ見上げている
虚ろな叫びとが
開かない木戸の
錆びた蝶番《ちょうつがい》のかたえで
とどこおった時を耐えている

今に柿も落ちて
自らが時間の出口となっていくだろう
そこで涸《か》れているものは
そのままそこで涸らした時を壊しているだろう
時が流れるとは
自転にあやかっていたい者の錯覚だ
黙っているものの奥底で
本当はもっとも多くの時を時が沈めているのだ

いつもと同じいつもの位置で
日射しは斜《はす》に戸棚を侵し
暮らしは団居《まどい》の
なごやかさの中で
納戸《なんど》の中身を湿《しけ》らせているのである
ビルの乱反射や
生命保険の元帳よりも
時間はよりここで濃く
日々をくまどって押し黙っている

私の時間もたぶん
やりすごしたどこかの
物影で大口あけていたのだろう
そこにはまだ事物に慣れてない時間の
初々しい象《かたち》があったはずだ
今まさにつぐみが一羽
点と消え
今に垂直に

ついぞ誰ひとり聞くこともなかった
沈黙の固まりが突きささって墜ちる
錆びている私の
時間のなかを

夏のあと

冬がくる。
きまってくるおまえに　ついに知る。
夏はやはり白昼夢だったと。
またも浮かれて春は来て

そうして一年が六十年*にもなったのだと。

夜来の雨にすっかりすけてしまった
柿の葉のかすかな放電。

わが尽きない夢の大地を
喊声《かんせい》は街の角を曲がったまま消えてしまい
渡ってくる風にも気配ひとつ伝わってはこない。

待とうと待つまいと
おまえは来て過ぎてゆく。
待つ当てがないときもおまえは来て
長く居座る。

待ち侘びる誰がまだ
今もそこで生きていることやら。
疼《うず》くことさえ薄れてしまった
あの　夕日ばかりが美しい国で。

夜が深まっていくのは
星たちも感慨に耽《ふけ》りだすからだ。
私が時に夜空に食い入っているのも
疚《やま》しい半生が夜半ともなれば目をしばたくからだ。

六十年この方
私に不幸は、いや私にまつわる同胞《はらから》の不運は
すべてが外からもたらされるものだった。

他者を断じて　この己れが正義だった。

寛容さとはつまるところ
優位な己れのひけらかしだ。
誠実とても　謙虚な自分がまずあってのものだ。
そうとも、忘れていたのだ。
含羞《はにかみ》は慎ましいわが同族の古来からの花だった。

主義を先立て主義に浸《ひた》って

なにかと呑んでは時節に怒《いか》って
あゝなんという埋没。
とうに蘇ったはずの国が
今もって暗いのは私のせいだ。
遠い喊声《かんせい》を漫然と待っている
私の奥の夏のかげりだ。

きまってくる冬がくる。
殊更に待つべき春の冬がくる。

待って過ごして　またもうだって
誰かがふっと周りから消えて

それでも待っている人々の国よ。
謙虚でなければ耐えることだってできぬのだ。
呆けず腐らず淫《みだ》らにならず
素朴にいとおしんで先を譲ろう。
ついに知った　愚かな私の六十年だ。

＊六十年＝日本人のいう「終戦」と、朝鮮人には「解放」であった一九四五年八月から、まる六十年目が二〇〇五年の夏であった。

冬

こんなにも離れてしまって

ワールドカップで沸くソウルで
安貞桓《アンジョンファン》がゴールを決めたとき
歓声は時空を圧してぼくの声まで躍らせた。
甘いマスクをなおほころばせながら

彼は技倆を買われて日本へ渡ってきたけれど
拉致生存者の五人がタラップを降りてきたときは
ぼくもそこで唸《うな》りとも溜息ともつかぬ呻《うめ》きを
こわばらせてしまった。
すっかり弾力を失ったぼくは
背中合わせで驚嘆と悲嘆がやってきた年の
あのジェット音の彼方の日差しを思い
窓の外の小さい自然に見入っては
やはり無心にすぎて花は罪なのだと

漫然と春の早い花々を
両肘ついて思いみていたのだ。

一枚の葉

一枚の葉を拾い上げ
初めてのように覗きこむ。
半ば染まったまま
葉はやりとげてもない形で落ちていて

それでもこれで一生なのだと
かすかに風を匂わせている。
思えば途中は過程のさ中であり
終わりはいつも終わらないうちに終わってしまう
みちなかの執着でもあるものだ。
そうしてその留《とど》まりは
本来に立ち帰る始まりともなるのだ。

土にはとうてい帰れないあまたの葉が

並木の下でにじってよじれて
飛びだしたいばかりにじれている。
今に風を巻いて
街の空いっぱい
かき消えた群雀を蘇らせるやも知れぬ。
ぼくは今更の思いで木の肌をさすり
自ら落ちていった他の葉を摑んで声を上げた。
どれほどの便法が木を装ってきたことだろう。
物言わぬ葉は色を成して散り敷き

ただ運ばれて炎に供する
あまりにも無機質な敗北に慣れてしまったのだ。
落ちてはすべてが終わるのか?!
途中の過程を奪われて
物みな生存帰属を殺していっている。
秋にすら遅れてしまった斑《まだら》な葉に
頬を寄せ
せめて一枚
風光る空中に

放つ。

跳ぶ

梢《こずえ》の向こうで日差しがささくれている。
地肌をさらした里山《さとやま》が凍《こご》え
首をもたげたショベルカーが
剥いた歯先で颪をしならせている。

崖にまで迫った幾本かの雑木《ぞうぼく》が
せめて朽ちて土に戻っていかねばと
根ごと引っこ抜かれて煙になるより
なんとか倒れてこの地に埋もれていかなければと
じりじり待つまでもない春に焦《じ》れながら
去るのだ、芽吹くより
種となって風に乗るのだ
と果てた声でこの俺に催促してくる。

今ににょきにょき暮らしが生えるだろう。
あたり一面茸《きのこ》がはびこって
俺は食卓で思案げにためらっているだろう。
そのうち干からびて
飢えた精霊たちが下りてくるのだ。
そうして無慈悲な殺生が
春の走りに繰り返されていくのだ。
このすげなさを祝福してか
早くも街は色めいてきている。

芽吹いても詮無《せんな》い街路樹に
それでも風はまといついて
待つほどの時節はとうに壊れてしまったと
死んだ者たちがまだらな日陰で笑っている。
跳ばねば！　とにもかくにも
割れ目の
帰り着けない
種よ。

冬の塒《ねぐら》

ぱききっと枝が折れる。
雪にたわんだ竹が
うなだれた眠りを跳ね上げる。
とうに雪を忘れた都会の夜の奥で

行き場のない若者がひとり
地吹雪《じふぶ》く唸《うな》りを止まったままのネットの画面から
漏れ聞いている。

村を抜け出たその男は
日がな一日派遣先で体をこわばらせ
ビルの谷間から鈍色の夕空を垣間見ては
どこで俺ははぐれたのかと
くぐもる声を　低めて泣く。

泥のようにとろけていたい眠りである。
落ちて沈んで底のほうで凍てついて
そのまま固まってしまいたい夜でもある。
あてどない塒《ねぐら》の背もたれだけがやたらと軋《きし》み
交信のない画面がそれでも輝度を放って明滅する。

木が倒れる。
村人が走る。

廃校の窓がかたぴし鳴って
犬がさかんに吠えている。
ずいぶん遠くへやって来たはずが
村はまだまだ浅い眠りから遠ざからない。

自滅だ。
どうなろうと喰らいつくのだ。
ハイエナがうっすら目を開ける。
鉄の檻にうずくまっている自分が見える。

抜け出ようにも出ようがない男に
もう追いたてられる時間が迫っている。
ぶるっと青い竹が
日照り雪に身震いする。

空隙《つぼくら》*

運河の澱《よど》みに雨が刺さっている。
冬の雨脚に路地の古い甍《いらか》が濡れている。
何時から飾った造り花か
乾いた色をくすませて

簞笥の上でもたれ合っている。
生よ。
連れていかれた人の
嗄《しわが》れた声よ。
海を渡っても在所が切れず
時代が、世代が、移ろうと変わろうと
依ってきたった習わしでとおし
ついにそぐうことなく
半可な国訛りで老いてしまった

集落止まりの日陰の日本語よ。
ホトケェーホトケェー
かまわないでと言ったのか
ホトケさまァ、と叫んでいたのか。
施設の車に乗せられるあいだ
老婆は絶えだえに身もだえたのだ。
そもそもの初めから
言葉は異様な抑揚の反復だった。
居ついた人々の馴れ合わないひびきが

暮らしの底の澱《おり》のように
日々の透き間で粘《ねば》っていたからだ。
すっかり世代は遠のき
老いのこだわりも裏路地どまりだ。
継いではもらえない老婆の
名残りの部屋の在所を閉ざして
黒く物干しが濡れている。
冬の雨脚は
筋まで見える白い雨だ。

遠目にコリアンタウンのゲートが煙り
仕舞い忘れた風鈴が
かすかにぼくの心で鳴っている。

＊つぼくら＝三重地方の「穴」の方言。

あじさいの芽

つっかけ*工場の箱植えのあじさいが
赤黒い新芽をのぞかせて
夕闇にとがっている。
枯れた形で耐えるしかない

実《み》ひとつ成らない低木だ。
生きのびたあとの印のようにも
カプセル状にひっついた油虫の殼が
いくつかの茎で茶いろく破けている。
出歩けない男がこもるうす暗い工場には
とてつもないコウモリが梁の暗がりに住みついていて
出口が今に開《あ》くのを執念《しゅうね》く待っている。
男は男で夜陰に乗ずる己れの飛翔を想い描き
短くも長い銭湯までの道のりを推し量っている。

低賃金を承知のオーバーステイの身には
どうあれ同胞集落のただ中にいるのが慰めで
同じテープの民謡カセットを
ラジオのイヤホーンから手放さない。
枝を絡めてあじさいが茂みを成していたころ
箱の内でひそんで鳴いたコウロギの欠片《かけら》が
溶剤の匂う路地の夕闇に溶けこんでいく。
仕事も切れがちな工場のドアは早ばやと締まり
三日も書きだしのままの手紙の男が

冷えたホカホカ弁当のラップをはずす。
何ひとつ手懐《てな》ずける物をもたない異邦の男
乾いた蛍光灯の下で箸を運び
外はすっかり闇に沈んだ。
どうやら寒波が出戻ってくるらしいのだ。
しょうことなくか。
それでも芽をのぞかせている
箱土の紫陽花。

＊つっかけ＝履き物、ヘップサンダルの俗称。

人は散り、つもる

日はとたんに暮れて
遠いどこかで救急車がもがいている。
いく層もの雲を足早に渡ってゆく風。
次第に色めく街なかの灯。

人は競って家路の階段を駆け下り
稜線を区切る最後の日射しひとすじが
日の裏へ都会を引きずってゆく。

とたんに暮れる。
夜ごとの町には
なつかしい顔が散り、つもる。
眠りのなかでも音のない笑いをたてて
記憶の痕跡をばらまいてくる。

一つ一つが不眠の固まりだ。
このまっ暗な百年をまえにしては
いかな誰も己れの悔いをにれ噛まずにはいられない。

家並みで風がしゃくりあげる。
名残りもなく日は落ちる。
取り残された生涯のように
落果がひとつ高い枝先で震えている。
家ごとにひそかに

めぐりゆく時をとどめおいて
街の荒野に散り、つもる
ああいとおしい人たち。
うっすら背後でうすれてゆく
ああ帰り着く先が見えない
細い影。

影は伸びて

そこではまだ影が長く伸びている。
水場への閉ざされた道で喘ぐのは
そそり立つ壁のそのまた向こうに
嘆きの壁があるからだ。

早くも暮れる街なかで
誰かがいま時計を見ている。
いっかな来る人が来ないのは
ぼくがここで理由もなく遅れているからだ。

壊れた壁の物陰で
いま涙に暮れている家族がいる。
区切られた世界で泣いているのは

涙を失くしたぼくを泣いているのだ。

凍てつく河原を
いま人影が這っている。
国境いの果てもない夜を渡っているのは
温《ぬく》ぬくしいこのぼくに向かって歩いているのだ。

ジングルベルも鳴り止んで
みなみな家路を急いでいる。

年は傾き　影は伸び
遠いそこでもぼくの闇は広がっている。
いままた新年は
ぼくの背後でしか目覚めようとしない。

春

この無明の刻《とき》を

仕切りのない関を超えて
年は来るのか
年は行くのか
そこのところに残されたまま

山柿が枝先で年を越せば
飢えは震えて
鳥になるのか
土になるのか
それとも薄日の年を抜けて
どこかの痩せ地に逆しまに
運ばれた命も風になるのか
呼号ばかりがはためいている
凍える黄土の偉大な国では

どこの何に春は息吹き
ひもじい竈《かまど》は何を煮だてて
いぶっているのかたぎっているのか
関のない時空を
歳月は気流と流れて
ついには帰り来ぬものを
それでも待っている人がいて
遠くで声をかぎりと呼ばわっている人よ
瓦礫にいま死者が集う夕餉《ゆうげ》どき

せめて音高く西日が燃え
村里にぼんぼんと灯りを点して
年が行ったのか
年は来たのか。

帰郷

故里《ふるさと》が
帰り着くところであるためには
もう一度ダムに沈む在所《ざいしょ》を持たねばならない。

残り雪の里山に
明け方また霜が張り
それでもふくらむ朝鮮つつじの
かすかなほころびに霊気がおとなう
ある春の日の
　誰よりも早い朝まで待たねばならない。

渓川のせせらぎや　色めく花々。
高架にもやるさ霧のたたよいでは

人はむしろ　はるばる戻ってゆくためにやってくる。
このあり余る自然とやらが仇《あだ》なのだ。

とりわけれんげ草の盛りは侘びしいものだ。
ねぎを捥《も》いだ老婆がひとり
とっくに出払った村の畦道《あぜみち》を歩いている。
その孤独が孤絶でないためには
満々たる水底の
楠《くす》の大木をひとりひとり秘めていねばならない。

故里が
帰り着く国にあるためには
遠く葬る故郷をもう一度持たねばならない。

またとは帰り着けない国であっても
行き着いてはいけるはずだと
ある春の日の
誰よりも早い蕾《つぼみ》のふくらみを

そっと胸の内でほころびるまで待たねばならない。

吹かれて遠く

明け方はやく
それは立木をしわらせて門扉を打ちつけ
庇をふるわせては反り返った。
花びらを切りもなく撒き散らしながら

天空を舞った風がまたも地面を叩いて駆けていたのだ。
自ら気負うしかない
方途のない風。
燃えさかる中東に砂塵を巻くはずの風が
散り敷く命を吹き払いながら
ふくらむ命を激しくゆすりながら
押し黙った時の　街の扉をかすめてばかり荒れている。
たしかにそれは　とくと私が見たはずのものだ。
朦朧《もうろう》と視界を閉ざして

無限軌道の鉄塊を這いつくばらせ
火力の一切を沈黙させていた
あのメソポタミアの
同じ時節を同じく揺らした風の黙示のほどは。

季節の露な爪痕を思い
人はさぞ去ってゆく春を惜しむことだろう。
中にはあるいは　地団駄ふんだ風だってあったろう
とは誰も思いみることではないのだろう。

転びながら
身悶えながら
遠くを風が渡ってゆき
吹き飛んだ風車《かざぐるま》が赤く
瓦礫の陰で息絶えている。
それでも風は冷酷な気圧の落差と抗い
猛り　喚《わめ》き　そよとそよいで
自らが吹かれる法則ともなるのだ。
そうとも。吹かれる風のきまりに従い

死んだ子の風車が　いま
るるりるりと
アンドロメダ星雲の
ブラックホールの彼方で
廻っている。

木蓮

イラクでは木蓮は咲かないはずだ。
ソウルの大通りでしきりと破裂していた
　催涙弾が
マドリッドで　ローマで

シドニーでさえもうもうと立ち込め
せっかく開いた小さな花々を
なだれたデモ隊が蹴散らしていった。
空だってむせたに違いないのだ。
時ならぬ雨が風を伴なって篠つき
街路樹の新芽をわななかせて
街全体をしぶきで曇らせた。

大阪ではどうやら通り雨のようだった。

会場の野外音楽堂では
準備中の若者の何人かが
張りかけの横断幕をぱたつかせて
雨の上がるのを待っていた。
過ぎた時代を思えば
永田町を立ち込めたのも
催涙弾のガスだった。
ひたすら時代を蒸発させて
ついに国会議事堂を怪鳥が飛び立ったのだ。

今日とて大きい集まりにはなりそうもなかった。
雨がすじを引いて
私に流れのようなさざめき。
口ごもりながら降りしきる
私に流れのような静寂。
遠くで干からびている叫びなど
流れに泥けて沈んでいくだけだ。

やはりイラクでは咲けない花か。
まだ蕾《つぼみ》をふくらませたまま
会場の端しで木蓮が濡れていた。
うてなをこわばらせてあきらめたように濡れていた。

つながる

つながりには属性がある。
演歌が歌ごころにもなっていくようにだ。
遊戯場で軍艦マーチが蘇ってくると
街宣車も迸《ほとばし》りたくて声を張り上げ

介護保険の寝床から
クーニャンと上等兵が起きてくる。
ぬめった記憶と　しゃれこうべが
下水道のくらがりの中で絡み合う。

関わるからにはそれだけの謂《いわ》れがお互いにある。
桜が舞って参道にかかると
議員バッチがきざはしで光って
色褪せた写真も鴨居の上から

生きた時代へと出向いていく。
花粉症が　熱烈に
例大祭でくしゃみする。

人はつながる。
縁故とつながり　仕事につながり
世俗と解け合って　大衆になる。
イブがいちじくとつながったおかげで
そこらでしきりと　ときめいた胸が出会ってゆく。

しなびた手と手が
坂の途中でほっそりつながる。

関わりは網の目のようなものだ。
大方はそこからこぼれて
横文字ばかりが日ましにつのる
敷き石が九条に会う。
なんとも居つきにくいお国ことばが
日本語の歩道で「韓流」と出会う。

つながりたい私もヨン様をたたえ
ほどよい笑みでエレベーターに乗る。

こともなく誰もがつながり
つながる誰も
そこにはいない。

何時かまた

六十年*が経ったと
たしかに一応は騒いだぼくたちだった。
それからも春はまたどうってことなく巡っていって
すごした冬さえ一向に荒《すさ》びはしなかった。

萎《しな》びるほど年輪を刻んだわけでもあるまいに
杏はまたも徒花《あだばな》だけで散ってゆき
花燕《コッゼビ》＊すらも花のうちかと
枯れた心がつぶやいたのだ。

あの尊大な稀《まれ》にも稀な国で
昨日もまたいたたまれない誰かが闇にまぎれて行方不明になり
ぼくたちはしこたま本社へ戻ってゆく友人におごってもらって
このほどやっとアジアを半廻りしてソウルに着いたと

従兄弟の息子とやらから不意に手紙がきて
ぼくの何がアジアとつながっているのだろうと
ジャンパーの襟を立てて階段を上がった。

しかしいかようの異変も
ぼくたちの、いやぼくの周りの無関心から
このぼくを向き直らせることはできず
ただ幾分春先よりは軽くなった腰を伸ばして
行楽帰りのひと群れの中で揺れていたのだ。

日本は本当に華やいでいる国だ。
訝《いぶか》るいわれは誰にもなく
いくらか浮かれやすい性分を
日本人と比べて修飾しただけで
ぼくは会場近くの駅で降りた。

幸いにも妻はまだ誰かに看取られるほど弱ってはなく
ぼくもまた酒を断つほど病んでもないロートルではあるが
それでも何かにせつかれているようで不安でならない。

本を開くと活字が蛆《うじ》となってうごめきだし
行き暮れた少年が何人も闇市の裏で腐《ふ》れていっているのである。
思いのほか早く寒気が溶けだしたせいもあるにはあるが
一向に省りみないブッシュの独善さこそ
大いに糾されるべきだ、と息まいて
ひとしきりぼくは会場でうだを上げたものだった。
ところが機関車は依然としてそこになく
ただ線路が雨に煙っているだけなのだ。
記憶の奥で喉をしぼっていた

あのしわがれた汽笛の京義線*だ。

たとえ君の目に雫となって滑っていようとも
年月はやはりそこでやりすごされて錆びている。
こぞってうねってはためいて
そうして忘れていった年月を
それでもぼくたちは今もって抱えて生きているのだ。
だからこそ祝福されることとの一切が
たとえ寿がれる還暦であっても

気がさしてならないお互いなのだ。
十年そこらはまたもたわいなく折り重なって
さも殊更なことのように君はまた
命脈の限りで思い起こしてもいることであろう。
天も地も揺れにゆれたあの夏の日の
突き上げた拳の
空の蒼さを。

＊六十年＝日本の敗戦によって植民地統治から朝鮮が解放されたのは一九四

五年八月十五日であったが、二〇〇五年八月十五日でまる六十年が経っていた。

＊花燕（コッゼビ）＝北朝鮮でいわれている幼い乞食のこと。

＊京義線＝ソウルと北朝鮮西北端の都市、新義州をつないでいた幹線鉄道だったが、朝鮮戦争で運行を中断。二〇〇七年五月、五六年ぶりに試験運行が行われ、十二月から貨物輸送が始まったが、二〇〇八年十一月二十八日で運行はまたも中断された。二〇〇九年十二月現在、再開されていない。

四月よ、遠い日よ。

ぼくの春はいつも赤く
花はその中で染まって咲く。

蝶のこない雌蕊《めしべ》に熊ん蜂が飛び

羽音をたてて四月が紅疫《こうえき》のように萌えている。
木の果てるのを待ちかねてもいるのか
鴉《からす》が一羽
ふた股の枝先で身じろぎもしない。

そこでそのまま
木の瘤《こぶ》にでもなっただろう。
世紀はとうに移ったというのに
目をつぶらねば見えてもこない鳥が

記憶を今もってついばんで生きている。

永久に別の名に成り変わった君と
山手の追分を左右に吹かれていってから
四月は夜明けの烽火《のろし》となって噴き上がった。
踏みしだいたつつじの向こうで村が燃え
風にあおられて
軍警トラックの土煙りが舞っていた。
綾《あや》なす緑の栴檀《せんだん》の根方で

後ろ手の君が顔をひしゃげてくずおれていた日も
土埃《つちぼこり》は白っぽく杏の花あいで立っていた。

うっすら朝焼けに靄《もや》がたなびき
春はただ待つこともなく花を咲かせて
それでもそこに居つづけた人と木と、一羽の鳥。
注ぐ日差しにも声をたてず
降りそぼる雨にしずくりながら
ひたすら待つことだけをそこにとどめた

木と命と葉あいの風と。

かすれていくのだ。
昔の愛が血をしたたらせた
あの辻、あの角、
あのくぼみ。
そこにいたはずのぼくはあり余るほど年を食《は》んで
れんぎょうも杏も同じく咲き乱れる日本で、
偏《かたよ》って生きて、

うららに日は照って、
四月はまたも視界を染めてめぐってゆく。
木よ、自身で揺れている音を聞き入っている木よ、
かくも春はこともなく
悔悟を散らして甦ってくるのだ。

＊筆者に「四月」は四・三事件の残酷な月であり、「八月」はぎらつく解放（終戦）の白昼夢の月である。

春に来なくなったものたち

なにか、終わっていくものが見えている気がする。
齢《とし》のせいではない。いや齢だからこそ
感じるものが見えているのかも知れない。
買い叩いた廉《やす》さで

やたらと競《せ》っている
物。物。物。
物に取り付いた貧しさが
潤沢さにとり囲まれてひしめいている。
干上がる地球の飢えもものかは
余らしては捨て
滞らせては黴《かび》をはびこらし
切り拓いては熊をさまよわせて
どこでどう時節をたがえたのか

蜜蜂までが派遣先で行方不明だ。

蘇える季節に
来るものがこない。
咲くものが咲かない。
めったには舞い飛ぶものも訪れてはこない。
寝覚めをそやした　軒端すずめ。
そっとのぞいていたキキョウ、キンラン
　フデリンドウ。

野路を楽しませたオギョウにワラビ。
ありふれて気にすらかけなかった
身近なものたち。
消費にあおられる暮らしのかげで
いなくなっていたいけなものたち。
母よ、
帰ることのない息子を待ちとおして
老いさらばえたあなたを思います。
ひとり置き去られた国元で

ひっそり消えていったあなたが
目につかなくなったものたちとともに見えています。
芽吹く恵みにすがったであろう荒れた手が
瘠《や》せた大地のひび割れのように見えています。

それでもうららに風はわたり
絶えていっている何かが　それでも
春がすみの向こうでかげろうている。
こうして私たちは

毎日何かを失っていっている。
けっしてかすかにではない。
遠目《とおめ》にたしかに
終わっていくものが見えている。
まぎれて浮かれて
花びらが　舞って
ああこの風とともに＊
私たちの運命が吹いてくる。

＊この二行はリルケの詩「春風」の一節。

あとがき

気はずかしくて止めたが、思いとしては「金時鐘抒情詩集」と銘打ちたかった詩集である。日本では特にそうだが、抒情詩といわれるものの多くは自然賛美を基調にしてうたわれてきた。いわば「自然」は、自己の心情が投影されたものなのだ。「抒情」という詩の律動《リズム》もそこで流露する情感を指していわれるのが普通で、抒情と情感の間にはいささかのへだたりもない。情感イコール抒情なのである。

この詩集も春夏秋冬の四時《しじ》を題材にしているので、当然「自然」が主題を成しているようなものではあるが、少なくとも自然に心情の機微を託すような、純情な私はとうにそこからおさらばしている。つもりの私である。植民地少年の私を熱烈な皇国少年に作り上げたかつての日本語と、その日本語が醸していた韻律の抒情とは生あるかぎり向き合わねばならない、私の意識の業のようなものである。日本的抒情感からよく私は脱しえたか、どうか。意見の一つもいただければ幸いです。

収録作品三十二篇のうちの十五篇は、学芸総合誌・季刊『環』（藤原書店）に連載したものである。巻頭詩の場をいただいたおかげで、久方ぶりの詩集が編めた。店主藤原良雄氏に、まずもってお礼を申し上げておきます。

日本の近代抒情詩の影響を強く受けて育った私なので、四季への関心もまた人一倍つよかった。それだけに季節や自然は私の抒情の質を明かす検証物ともなって今に至った。持ち越した課題の答案を今、おずおずと差し出している私でもある。

二〇〇五年に出していただいた復刻詩集『境界の詩』を編むときもお世話になったが、この度もまた同じ担当者の山﨑優子さんに手数をかけている。こまごまと気を使ってくれて、ありがとう。

二〇〇九年　師走

金時鐘

初出一覧

夏

村　『読売新聞（夕刊）』一九九九年七月十六日
空　書き下ろし
牙　書き下ろし
夏　書き下ろし
雨の奥で　『朝日新聞（夕刊）』二〇〇〇年六月十七日
蒼いテロリスト　『環』三〇号、藤原書店、二〇〇七年七月

待つまでもない八月だと言いながら　『環』二六号、二〇〇六年八月
失くした季節　『環』三八号、二〇〇九年七月

秋

旅　『環』三一号、二〇〇七年十一月
蒼い空の芯で　『環』二七号、二〇〇六年十一月
鳥語の秋　『環』三四号、二〇〇八年七月
伝説異聞　『詩学』一九九九年四月号
かすかな伝言　『東京新聞』二〇〇八年十一月十九日「詩歌への招待」
二個のとうもろこし　『詩人会議』二〇〇八年一月号
錆びる風景　『ユリイカ』二〇〇三年六月号
夏のあと　『環』二三号、二〇〇五年十月

冬

こんなにも離れてしまって　『朝日新聞（夕刊）』二〇〇三年二月二十二日
一枚の葉　『詩人会議』二〇〇九年一月号

跳ぶ　『環』三二号、二〇〇八年一月
冬の畤　『環』三五号、二〇〇八年十月
空隙　季刊『びーぐる』第四号、二〇〇九年七月号
あじさいの芽　『環』三七号、二〇〇九年四月
人は散り、つもる　書き下ろし
影は伸びて　『環』三六号、二〇〇九年一月

春

この無明の刻を　『詩人会議』二〇〇七年一月号
帰郷　『環』二五号、二〇〇六年五月
吹かれて遠く　『ユリイカ』二〇〇三年六月号
木蓮　『環』二八号、二〇〇七年三月
つながる　『詩人会議』二〇〇五年八月号
何時か誰かまた　『環』二九号、二〇〇七年四月（改稿）
四月よ、遠い日よ。　『環』三三号、二〇〇八年四月
春に来なくなったものたち　書き下ろし

著者紹介

金時鐘（キム・シジョン）

1929年、朝鮮元山市生まれ。済州島で育つ。48年の「済州島四・三事件」に関わり来日。50年頃から日本語で詩作を始める。在日朝鮮人団体の文化関係の活動に携わるが、運動の路線転換以降、組織批判を受け、組織運動から離れる。兵庫県立湊川高等学校教員（1973-92年）。大阪文学学校特別アドバイザー。詩人。
主な作品として、詩集に『地平線』（ヂンダレ発行所、1955）『日本風土記』（国文社、1957）長篇詩集『新潟』（構造社、1970）『原野の詩――集成詩集』（立風書房、1991）『化石の夏――金時鐘詩集』（海風社、1998）『金時鐘詩集選 境界の詩――猪飼野詩集／光州詩片』（藤原書店、2005）他。評論集に『さらされるものとさらすものと』（明治図書出版、1975）『クレメンタインの歌』（文和書房、1980）『「在日」のはざまで』（立風書房、1986、平凡社ライブラリー、2001）他。エッセーに『草むらの時――小文集』（海風社、1997）『わが生と詩』（岩波書店、2004）他多数あり。

金《キム》時《シ》鐘《ジョン》四《し》時《じ》詩集《ししゅう》　失《な》くした季節《きせつ》

2010年2月28日　初版第1刷発行 ©
2011年1月20日　初版第2刷発行

著　者　金　時　鐘
発行者　藤　原　良　雄
発行所　株式会社 藤　原　書　店

〒162-0041　東京都新宿区早稲田鶴巻町523
電　話　03（5272）0301
FAX　03（5272）0450

印刷・中央精版印刷　製本・誠製本

Printed in Japan
ISBN978-4-89434-728-1

「人々は銘々自分の詩を生きている」

金時鐘詩集選

境界《きょうがい》の詩

〈猪飼野詩集／光州詩片〉

【解説対談】鶴見俊輔＋金時鐘

七三年二月を期して消滅した大阪の在日朝鮮人集落「猪飼野」をめぐる連作詩『猪飼野詩集』、八〇年五月の光州事件を悼む激情の詩集『光州詩片』の二冊を集成。「詩は人間を描きだすもの」（金時鐘）

〈補〉「鏡としての金時鐘」（辻井喬）

A5上製　三九二頁　**四六〇〇円**

（二〇〇五年八月刊）

◇978-4-89434-468-6

半島と列島をつなぐ「言葉の架け橋」

「アジア」の渚で

〈日韓詩人の対話〉

高銀・吉増剛造

【序】姜尚中

民主化と統一に生涯を懸け、半島の運命を全身に背負う「韓国最高の詩人」、高銀。日本語の臨界で、現代における詩の運命を孤高に背負う「詩人の中の詩人」、吉増剛造。「海の広場」に描かれる「東北アジア」の未来。

四六変上製　二四八頁　**二二〇〇円**

（二〇〇五年五月刊）

◇978-4-89434-452-5

韓国が生んだ大詩人

高銀詩選集

いま、君に詩が来たのか

高銀

金應教編　青柳優子・金應教・佐川亜紀訳

自殺未遂、出家と還俗、虚無、放蕩、耽美。投獄・拷問を受けながら、民主化・統一に生涯をかけ、朝鮮民族の運命を全身に背負うに至った詩人。やがて仏教精神の静寂を、革命を、民衆の暮らしを、民族の歴史を、宇宙を歌い、遂にひとつの詩それ自体となった、その生涯。

【解説】崔元植【跋】辻井喬

A5上製　二六四頁　**三六〇〇円**

（二〇〇七年三月刊）

◇978-4-89434-563-8

失われゆく「朝鮮」に殉教した詩人

空と風と星の詩人

尹東柱《ユンドンジュ》評伝

宋友恵　愛沢革訳

一九四五年二月一六日、福岡刑務所で（おそらく人体実験によって）二十七歳の若さで獄死した朝鮮人・学徒詩人、尹東柱。日本植民地支配下、失われゆく「朝鮮」に毅然として殉教し、死後、奇跡的に遺された手稿によって、その存在自体が朝鮮民族の「詩」となった詩人の生涯。

四六上製　六〇八頁　**六五〇〇円**

（二〇〇九年二月刊）

◇978-4-89434-671-0